PAUVRE
Willette

6075. **Willette** (A.). Pauvre Pierrot. 20 reproductions héliographiques. *Paris-Léon Vanier*, 1861; in-8, en carton 15 fr.

Envoi autographe de l'auteur. Épuisé.

PAUVRE PIERROT

A. WILLETTE

PAUVRE PIERROT

20 REPRODUCTIONS HÉLIOGRAPHIQUES

PRIX : 10 FRANCS

PARIS

EN VENTE
Chez LÉON VANIER
LIBRAIRE-ÉDITEUR
19, Quai Saint-Michel

PUBLIÉ PAR
La Maison MÉLANDRI
POIREL, SUCCESSEUR
19, Rue Clausel

1884

R.F.

ACQUISITION
298356

A mon Ami

PIERROT

Pierrot, divin rejeton,
Lorsqu'au hasard il se livre,
Que le ciel conduise ton
Livre!

Je t'aime, de froid transi
Et terrassé par le jeûne,
Et brûlant d'amour, et si
Jeune!

J'aime ton regard de feu,
Ta bravoure et ton cœur mâle;
Bien que tu sembles un peu
Pâle.

Car sous le céleste dais
Tu vas, bon pour toutes choses,
Ayant même pitié des
Roses.

Charmé par le falbala,
Tu t'en vas, l'âme ravie,
Toujours déchiré par la
Vie.

Avec son rire moqueur
Elle te berce et t'enseigne
Les vérités, et ton cœur
Saigne.

Ah! comme il brille, éperdu,
Le vin rose et peu sévère,
Dans la transparence du
Verre!

Ah! que l'Amour, tu le sais,
Près des belles demoiselles,
Nous caresse bien, de ses
Ailes!

Silencieux marmouset,
Ces fillettes vagabondes,
Tu les aimes, brunes et
Blondes.

Et quand elles prennent soin
De se montrer pour toi douces,
Tu les aimes, au besoin,
Rousses.

Parmi les cieux musicaux
Fuyant parfois nos désastres,
Fou, tu t'envoles jusqu'aux
Astres.

Lorsque devant lui passa
Le doux Zéphyr qui l'emporte,
Quel Eden a fermé sa
Porte ?

Va, tu peux le dire, aucun.
Par malheur, quand il s'achève,
On le voit, ce n'était qu'un
Rêve.

Et beau festin de gala,
Rire, clarté, fleur, étoile
S'éteignent, quand tombe la
Toile!

THÉODORE DE BANVILLE

Je suis, mon cher Willette, par votre faute, dans un embarras des plus graves. J'ai aujourd'hui mon article à faire, et depuis que, sous le fallacieux prétexte de me demander des conseils, vous m'avez montré l'album dont vous préparez la publication, il me serait impossible de parler d'autre chose que de Pierrot. Je n'ai plus que pierrots en tête. Or, parler de Pierrot dans ce *Gil Blas* du dimanche où, une fois par semaine, notre maître Théodore de Banville écrit au susdit Pierrot ses admirables lettres, c'est un peu comme si quelqu'un, en présence des rois grecs assemblés, s'était avisé de chanter la belle Briséis tout de suite après Homère.

D'autre part, que diront les lecteurs en s'apercevant qu'aujourd'hui, comme par un fait exprès, on s'occupe ici presque exclusivement de Pierrot? Ils vont sans doute prendre ce personnage enfariné pour quelqu'un des nouveaux conseillers choisis aux élections dernières. Car vous le savez, mon cher Willette, et si vous ne le savez pas vous ne tarderez guère à l'apprendre : être célébré plusieurs fois dans le même numéro du journal, sur tous les tons, à toutes les pages, est le privilège exclusif de l'homme politique. L'homme politique ne s'étonne pas, et personne non plus que lui ne s'étonne de voir trente articles à la queu-leu-leu, du premier-Paris aux nouvelles théâtrales, transformés en autant d'autels de tailles différentes mais tous chargés d'un encens qui flambe en son honneur. Au contraire les musiciens, les poètes, les peintres, les sculpteurs, et Pierrot lui-même, doivent se contenter — heureux encore quand ils les ont! — de quelques lignes une fois pour toutes réglées.

Mais *Gil Blas,* après tout, n'est pas un journal comme tant d'autres; Pierrot doit lui plaire : je me risque!

Il sera charmant, mon cher Willette, cet album où — résumant en une mythologie de la plus originale invention, ce que vos vingt ans savent du monde — vous faites vivre et grouiller des bandes de Pierrots qui, bras dessus bras dessous, avec des amours croque-morts, s'acheminent vers je ne sais quels tertres étranges, fleuris de cabarets à tonnelles, semés de sépulcres et de croix : vision où se mêlent les souvenirs du Golgotha à ceux du Moulin de la Galette.

Dans ces dessins souriants et cruels — Goyas retouchés au clair des étoiles — tient l'histoire de la vie humaine tout entière; et, pâle comme un lys ou comme un garçon boulanger, votre Pierrot qui sera le Pierrot de cette fin du dix-neuvième siècle, incarne positivement les désirs sans but, les ambitions folles et les absurdes équipées suivies de comiques désespoirs d'une génération volontairement sevrée d'idéal, et à qui pourtant les bonnes et saines joies qu'offre la réalité ne sauraient suffire.

Pierrot chantait, il y a vingt ans (Odéon, musique d'Ancessi) :

La nuit quand la vigne est en fleur,
Un blanc rayon, comme un voleur,
Se glisse dans la treille brune :
Holà! compagnons, c'est la lune...
Sous son clair et tiède baiser,
Le grain vert gonfle à se briser;
Puis, quand la vendange est cueillie,
O lune ton baiser divin
Donne à l'ivresse du bon vin
Sa pointe de mélancolie.

La mélancolie, c'était déjà bien un peu subtil pour Pierrot. Hélas! maintenant, il s'agit de bien autre chose que de mélancolie. Pierrot a progressé, Pierrot est devenu pessimiste et macabre. Pierrot au lieu de piller la cave de Cassandre, préfère, ni plus ni moins qu'un romancier naturaliste, s'abreuver à l'amer vin philosophique que lui verse Schopenhauer; et quand il regarde la lune, cette lune, sous l'ombre d'un nuage qui passe, prend l'aspect d'un énorme crâne roulant dans le vide des cieux.

Pourtant, je l'avoue, votre Pierrot, à travers trop de désespérances, a quelques fois ses bons moments et d'heureux retours de nature.

Quel poète ne l'aimerait quand, inguérissablement épris d'une de ces Parisiennes, trop serrées en leurs atours neufs et raides comme des poupées, que vous croquez si bien dans leur grâce irritante, il manie pour attendrir son cœur, tour à tour le violon, le trombone et la lyre, et toutes sortes d'autres instruments? La belle ne se retourne point et n'entend rien à cette musique. Sans cesser de la désirer, mais comprenant obscurément qu'elle pourrait bien être en bois, Pierrot s'empare d'un plumeau pour épousseter la chère idole. Hommage inutile : l'idole ne s'humanise point, le naïf amoureux meurt à la peine, et l'adorée ne daigne sourire que lorsqu'un horrible fossoyeur lui offre un louis reluisant et clair, précisément gagné à enterrer Pierrot.

Qui ne l'aimerait quand, chimérique et irrité, l'épée au poing, en gentilhomme, il livre combat a un gros bourdon bourdonnant qui lui dispute le cœur d'une rose? Ici encore Pierrot est vaincu : à la fin le bourdon le transperce de son dard aigu comme un épieu d'acier. Dénouement terrible mais fatal, car évidemment le pâle rêveur devait succomber dans cette lutte inégale avec un insecte vêtu de beau velours strié, et pareil sous son costume à un financier à ventre d'or. Qu'importe? Pierrot trouvera sa récompense et sa revanche; et vous nous le montrez dans une suggestive autant qu'énigmatique apothéose, tenant renversé entre ses bras un ange blanc, un ange-femme, très Parisienne et gantée, dont les ailes retombent palpitantes, tandis qu'il pose sur ses lèvres le plus suavement sacrilège des baisers.

Sous l'obsession de votre album, mon cher Willette, j'ai fait un rêve, et je veux vous le raconter.

J'étais dans une petite chambre, à Montmartre. Au-dessous de moi, Paris immense : faîtes dorés, tours et coupoles dominant la masse confuse des édifices et des toits. Un ciel très bleu, comme en été, et partout, allant et venant, avec le bruit strident et clair des faucilles dans les blés mûrs, des milliers et des milliers de martinets et d'hirondelles.

Puis ce ne furent plus des hirondelles, mais de petits papillons bleus comme on en voit par troupes, les jours chauds, autour des fontaines, et d'un si pur turquoise qu'ils se confondaient parfois, quand un rayon ne faisait pas scintiller leurs ailes, avec le fond même de l'azur.

Puis, telle est l'incohérence des rêves, ces papillons se trouvèrent blancs, et l'on eût dit des pétales d'amandiers envolés au vent à l'époque où la fleur se noue.

Puis ce fut de la neige, neige éblouissante, imprégnée de soleil, qui, mollement, doucement, avec la lenteur des flocons qui flottent, descendait du ciel toujours bleu.

Tout à coup je m'aperçus que ces flocons avaient des formes, vagues, très vagues, reconnaissables cependant. C'étaient des Pierrots pareils à ceux que vous dessinez, de tout petits Pierrots qui tassés, pressés, innombrables, tombaient en neige sur Paris. Ils passaient devant ma fenêtre, de si près que souvent le bout glacé de leurs manches flottantes venait m'effleurer le visage ; mais aussitôt, retournés par le courant d'air, ils allaient s'abattre plus bas, misérablement, sur les trottoirs, les toits, ou bien aux angles des cheminées.

Les premiers, ainsi qu'il arrive pour la vraie neige, s'évanouissaient en touchant terre au contact du pavé, de la tuile ou du zinc. Mais comme la tombée ne cessait point, et comme les pierrots succédaient aux pierrots, bientôt les gouttières des toits, les corniches des frontons blanchirent, et les dômes d'or à leur base avaient une bague d'argent. Peu à peu la blancheur gagna : Paris sous l'azur persistant du ciel, jusqu'à son horizon de verts côteaux, n'était plus qu'une étendue blanche.

Tout cela ne m'étonnait point trop. Il me semblait même confusément que dans une existence antérieure quelque chose de semblable m'était arrivé. De ce lointain évènement, de cette lente chute en pays inconnu me restait une impression à la fois orgueilleuse et douloureuse. Et je disais : — Quels sont ces frères ainsi apportés par le vent ? D'où viennent-ils ainsi, de quel rivage, de quelle étoile ?

Après quoi, sans savoir comment, je me trouvai en pleine rue. La neige avait cessé avec l'arrivée de la nuit, et sur le tapis immaculé encore, les vitrines répandaient à flots la lumière des lampes électriques et du gaz. Une femme d'abord passa, d'autres femmes la suivirent : toutes pâles, parées, fardées ; toutes, d'un même geste, relevant leur jupe de même satin, pour montrer sous un coin de bas noir de minces et hautes bottines ; et toutes à chacun de leurs pas laissaient dans la neige où leurs talons s'étaient posés deux petites meurtrissures d'un rose de rose effeuillée.

Je me réveillai triste, le cœur serré par l'angoisse ; car pendant une minute — moment troublant et délicieux où la porte d'ivoire reste entr'ouverte et qui est comme le crépuscule du rêve — pendant une minute au moins, mon cher Willette, je restai persuadé que c'était du sang, le sang léger, subtil, divinement immatériel de vos Pierrots, qui, sous les cruels petits talons faisait ces petites taches roses !

PAUL ARÈNE

TABLE

Paris. — Léo Trézénik, Imprimeur, 16, boulevard Saint-Germain.

LE ROMAN DE LA ROSE

à Alphonse Daudet

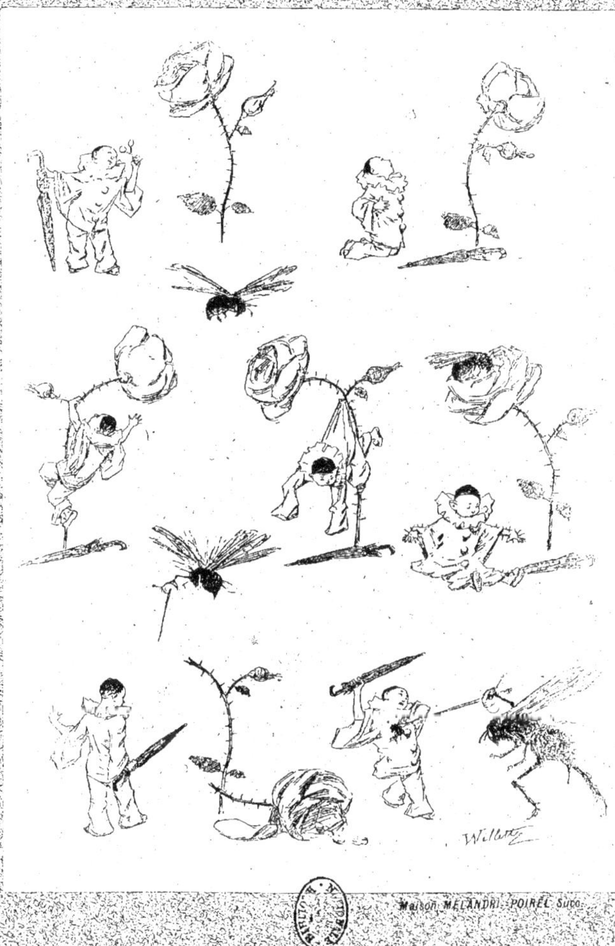

Maison MELANDRI, POIREL Succ.

ILLUSIONS PERDUES

Maison MELANDRI, POIREL Succr

L'AGE DE PIERRE
et

Maison MELANDRI - POIREL Succ.

AU CLAIR DE LA LUNE

PIERROT S'AMUSE

C'EST DEMAIN VENDREDI-SAINT

à Mandika

Maison MELANDRI-POIREL Succ.

NOEL

PIERROT CHEZ LE BON DIEU

Maison MELANDRI, POIREL succ.

BONHEUR PASSE RICHESSE?

à Rothschild

Maison MELANDRI - POIREL Succ.

PIERROT JOUEUR

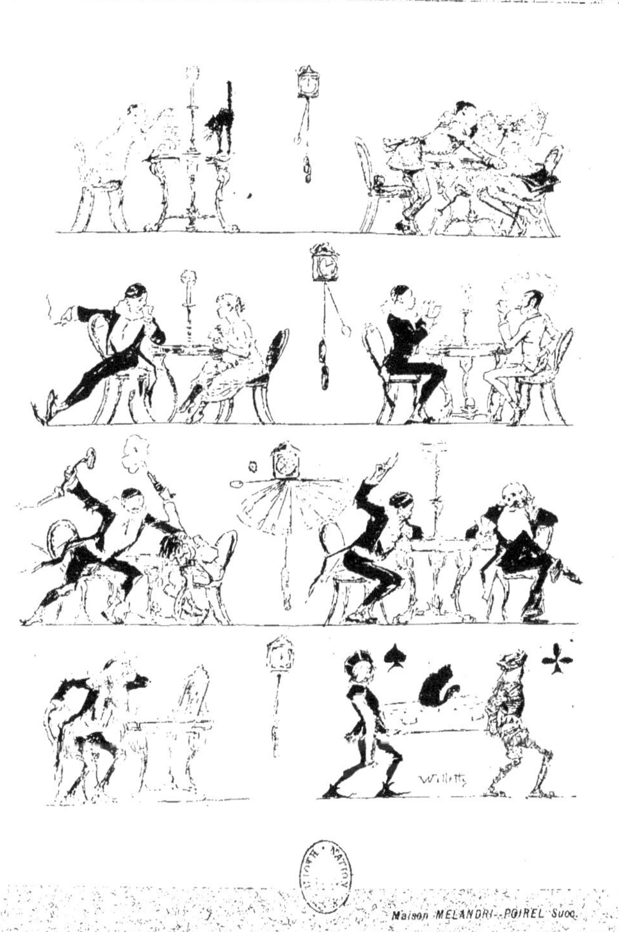

Maison MELANDRI-POIREL Succ.

LE PASSAGE DE VÉNUS

Maison MELANDRI-POIREL Succ.

PIERROT A GAGNÉ LE GROS LOT

Maison MELANDRI-POIREL Succ.

LES FRISSONS DE PIERROT

Rollinat et Goudeau

Maison MELANDRI — POIREL Succ.

MADEMOISELLE SQUELETTE.

à Rollinat

LE GRAND PRIX

Maison MELANDRI POIREL Succ.

ENFIN! VOICI LE CHOLÉRA!!

à mon frère le docteur Willette

Maison MELANDRI - POIREL Succ.

LE MAUVAIS OU LE BON LARRON

Maison MELANDRI-POIREL Succ.

AH! LE SACRÉ-CŒUR!!

à Monsieur Léon Bloy

Maison MELANDRI - POIREL Succ.

LES OISEAUX MEURENT LES PATTES EN L'AIR

à Mademoiselle Colibri

LA MORT DE PIERROT

PARCE DOMINE

Maison MELANDRI — POIREL Succ.

et chez tous les Libraires : *Prix* **10** fr.

www.ingramcontent.com/pod-product-compliance
Ingram Content Group UK Ltd.
Pitfield, Milton Keynes, MK11 3LW, UK
UKHW022130170726
13837UKWH00003B/1470